夜間觀察

一趟夜訪大自然的父子散步

文・圖 邱承宗

「快來幫爸爸，天一黑我們就要去找獅子。」

「山裡面才沒有獅子呢！」

啾啾、啾啾啾

嗚嗚——

唧唧唧——

唧唧——

咻嚓 咻嚓 咻嚓

咻嚓 咻嚓

嘓嘓嘓

嘓嘓嘓

吱吱 吱吱 吱吱

4

哦 哦 哦 哦
哦 哦 哦 哦

一嘎嘎

啾啾啾、啾啾

嘓嘓嘓

嘓嘓嘓

咯咯 咯咯 咯咯

5

「哇，好吵啊！」

「這是免費的大自然音樂會，
夏季限定喔。」

「是誰在表演呢？」

「我們一起出去找牠們！」

「穿上你的飛天靴，
萬一遇到獅子才躲得掉。」

「山裡面沒有獅子啦！」

9
CHiu 2022.03

「爸爸，演奏家在哪裡？」

「嗯……可能在有舞臺燈光的地方，
我們去前面看看。」

CHIuzzOM.

「現在的路燈都改成 LED 式的了，
　這裡的演奏家只有
　少少幾位。」

「所以能觀察到的昆蟲就
變少了喔？」

「其實這樣的改變對昆蟲
來說，也算是好事呢！」

13

「爸爸，草叢這裡
有聲音！」

「哇，你真棒，找到合唱團了啊。」

15

「沒有路燈就變得好黑，我有點怕。」

「夜晚的樹林非常熱鬧，
所以才要你穿靴子和拿手電筒呀。
萬一……」

「什麼、什麼？」

「萬一你踩到獅子或恐龍……」

「你好無聊！」

17

CHiuzzom

「爸爸，這裡有好多青蛙。」

「看吧，一定是被怪獸嚇到了。」

「就是我們這兩隻大怪獸！」

19

「這湖裡面可能有水怪……」

「有嘎嘎的叫聲，可是沒看見水怪呀。」

「不然，我們繼續找找看。」

「爸爸，你是不是騙人？」

「我沒有騙你，這些都是我腦袋裡的探險。」

「探險？那是不是有寶藏？」

「有啊，所以我們要睜大眼睛仔細看。」

23

「快看，這裡有隻凶巴巴的
水蠆被仰椿圍攻！」

24

「你看錯了，仰椿在水面，
水薑在水底。」

「好險牠們不會打架了。」

25

「爸爸， 為什麼我要走前面？」

「如果老虎來了， 你就可以先跑掉啊。」

「咦？ 你剛剛明明都在講獅子。」

「對、 對， 我是說獅子啦。」

27

「看，這次是真的有『獅子』座了。」

「那老虎呢？」

「這考倒我了！」

29

「這麼快就沒電了，
萬一真的遇到獅子，怎麼辦？」

小子睡得可真香，不過大自然裡的生物，有很多可是都還醒著呢。

33

CRfeeZozzob.

CHiu2022b.

「來ㄌㄞˊ吃ㄔ早ㄗㄠˇ餐ㄘㄢ，等ㄉㄥˇ等ㄉㄥˇ還ㄏㄞˊ要ㄧㄠˋ
繼ㄐㄧˋ續ㄒㄩˋ去ㄑㄩˋ探ㄊㄢˋ險ㄒㄧㄢˇ。」
「太ㄊㄞˋ棒ㄅㄤˋ了ㄌㄜ！」

「爸爸，我們要去哪裡？」

「噓，小聲一點，大金剛會聽見的。」

「是湖裡的水怪會聽見才對吧？」

「哈哈，你太聰明啦！」

作者的話

　　這本書從 2013 年開始構思，原本預計 2015 年初完成，結果歷經九年直到 2022 年的七月才完成，其中不僅作廢架構四次、五十餘張的畫稿，還穿插後規劃卻先完成的《翠鳥》繪本，可真是歷時漫漫！期間一直無法掌握整本書的夜晚色彩層次，構圖時亦常找不到方法化繁為簡，導致遲遲不能推進作畫進度，也令人心浮氣躁。

　　但是我仍然想完成這本書。這份堅持來自最初的起心動念。數年前，關於夜間自然知識、天文科普的開放資訊不多，少有家長願意帶領小孩走向夜晚的戶外。然而，我想與大家分享——夜晚的自然環境也有迷人之處，就是這麼簡單的想法而已。

　　觀察不僅是用眼睛觀看生物的長相，也可以利用聽覺辨識生物的叫聲。在這本書裡，融合了我個人學習認識生物的經驗，描繪出視覺觀察重點，同時加入常聽見的生物鳴叫，希望讓讀者體會夜間野外觀察的趣味性。書中結合了我走訪過的、臺灣多種類型的夜間環境之美；而繪本中故事發生的背景，其實是個虛構的營地。雖然你沒辦法找到跟故事一模一樣的地點，但你一定能在不同的夜間小徑、草叢或水邊等看見類似的場景，對應出你所見到的生物。

　　不過，重點還是在走進自然體驗，讀者們也不用太嚴肅的看待夜間觀察，遇見任何的聲響或畫面都是珍貴好玩的回憶。

　　本書的高潮畫面，是父子倆閒散的坐躺棧板上，觀看漫天星辰的銀河系。雖然我把這幅畫面當成夜間觀察的一部分，卻是本書實際想要傳達的重要觀念之一。夜晚的時候，有人在室內玩電玩、看電視節目，有人出外逛街或進行各種夜生活；其實，偶爾開車到海邊追逐星空、上山觀望夜景，也是令人愉快的夜晚。

　　最後，想提醒各位讀者，要前往野外觀察生物或沒有光害的區域觀看星空，最好日落以前就到達目的地，然後大致巡查一遍環境。尤其是不熟的山林、海邊或河岸空地，除了地形的高低落差，也要留意蚊蟲的傷害和某些夜行生物干擾的可能性。隨時保持警惕的心態，注意自身與小朋友的安全，才是理想夜間觀察態度。祝福大家都能時常享受美好平安的觀察之夜。

作者簡介

邱承宗

1954 年生，畢業於日本東京攝影專門學校，曾任《兒童日報》攝影主任、創辦紅蕃茄出版社。作品曾兩度入選波隆那兒童插畫展、亦曾入選德國國際青年圖書館白烏鴉獎，並榮獲金鼎獎、台北國際書展大獎、OPENBOOK 年度好書與中時開卷年度兒童十大好書等多項大獎肯定。創作逾三十年，每每在新作品中嘗試新觀點與繪畫技巧，而其中不變的是貼近自然、描繪生命的熱忱與關懷。

晚安，夜晚的大自然——深度拜訪夜間生物棲地

在前面的故事中，男孩和父親一起走過了幾處探險地，你有沒有發現，其中三個畫面像是手電筒燈光聚焦，背景形狀跟其他頁面長得不一樣？從這張營地路線圖找找看這三個地方在哪裡，接下來讓我們深度探索這些生物的家，認識夜間的大自然。記得出發前，再跟著下面的筆記檢查裝備、牢記注意事項。

夜間觀察注意事項：

1. 記得穿包覆腳的鞋子，例如運動鞋、登山鞋或雨靴。

2. 最好穿著長袖長褲、擦防蚊用品，避免摩擦枝條和蚊蟲叮咬。

3. 攜帶照明工具，例如手電筒、提燈，或頭燈。

4. 隨身攜帶雨衣，並留意天氣預報，如果有大雨或豪雨特報，請不要貿然外出夜間觀察。

5. 夜間觀察時，留意說話音量要小聲，避免驚嚇到敏感的動物。

6. 不要直接用手貿然抓取昆蟲或小動物。

路燈下　P12-13

在這張畫面中，有幾隻昆蟲被路燈吸引，展翅飛來。仔細看看其中的大透目天蠶蛾，牠的每片翅膀中央都有圓形擬眼紋，這類型的大眼紋有機會讓掠食者誤以為是猛禽的眼睛而被嚇跑。不過，雖然人們可藉著路燈觀察聚集生物，但其實人工照明對夜間昆蟲不見得是好事。如果趨光昆蟲都靠著人造光聚集在特定地點，反而會破壞原本環境生態。這樣一來，路燈引來昆蟲，掠食者又能藉人造光源覓食，昆蟲被捕食機率提高，特定生物數量就容易失衡。現在臺灣很多山區換成特定的 LED 燈，這樣的路燈可降低吸引昆蟲前來的紫外光，因此現今山區聚集在路燈下的昆蟲變少了。

條紋天蛾

臺灣大吹粉金龜

臺灣桑天牛

大透目天蠶蛾

臺灣巨黑金龜

草叢裡　P14-15

故事中不時會感受到夜晚的熱鬧演奏會，跟著聲音前來草叢看一看，這個畫面裡有螳螂科、蝗科和螽斯科，其中蝗科和螽斯科就是夜晚自然樂手的重要代表。教你一個辨別蝗蟲與螽斯的簡單方法：蝗科通常觸角較短扁、短粗，螽斯通常有著細長觸角。不過除了觸角，這些大聲公的發聲方式也不同。蝗科是利用後腳去摩擦前翅，聽起來像是「唏嚓」、「唰沙」這種連續聲響。而螽斯是利用兩片前翅摩擦發聲，「紡織娘」就是指螽斯，因為牠們的聲音像是紡織機的聲音。畫面中這些昆蟲雖然都聚集在草叢，但牠們不全是吃素的。這幾隻蝗科和大草螽是以草叢的植物為食，但中華大刀螳可是會吃草叢中的小昆蟲。仔細看看中華大刀螳的眼睛，其實在白天，這種螳螂的眼睛是接近身體色彩的草綠色，但是越靠近晚上就會漸漸變成黑色，能幫助牠們在晚上的微弱光線中看得清楚。

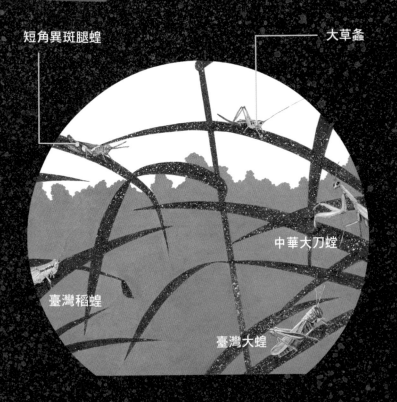

短角異斑腿蝗

大草螽

中華大刀螳

臺灣稻蝗

臺灣大蝗

來到湖邊的淺灘與沼澤溼地，你會看到像這樣的畫面。可不要像故事中的小男孩一樣，誤會水薑被圍攻。豆娘或蜻蜓的幼蟲俗稱為「水薑」，會藏在水面下的泥土、石頭縫或植物旁伺機而動，是屬一屬二凶猛的掠食者，可說是水中昆蟲的霸主，所以不需要太替牠擔心。倒是圖中那些小小的仰椿在水薑附近的水面仰腹換氣、漂游，才更要小心別被吃掉。不過這些仰椿還算幸運，畫面中這隻水薑正忙著蛻皮，暫時沒空捕食。通常水薑要蛻皮 12～14 次左右，等到身體夠大了，才會羽化成為成蟲。一旁的臺灣紅娘華，喜愛蝌蚪、小魚這類水生動物，牠們像大鐮刀的前足可以牢牢抓住獵物，藉此再分泌消化液、吸食獵物。溼地水中看似平靜，其實也是暗藏生死爭鬥。

臺灣紅娘華

晏蜓水薑

仰椿

配對任務

故事中整趟觀察從傍晚到清晨，還出現許多有意思的生物，接下來請根據簡單的介紹連連看，幫助這些生物找到牠們的名字吧。

a

b

c

d

●**大星椿象**
喜歡群聚、會趨光，如果在燈光下看，前翅會有大黑斑、體色為紅色。

●**夜鷺**
眼睛呈紅色，身體呈淺灰色、頂部和背部則呈藍黑色，頭後有飾羽、叫聲粗啞。

●**黑鳶**
全身是暗褐色的，羽毛邊緣有白斑，身長約 65 公分。叫聲像口哨或樂器簫的聲音。

●**蒼鷺**
頭頂白色，後頸和頭的兩側為黑色，胸前到頸部也會有黑縱線，眼睛呈黃色，叫聲聒噪。

知識繪本館

夜間觀察
一趟夜訪大自然的父子散步

作者｜邱承宗
責任編輯｜張玉蓉
特約編輯｜戴淳雅
美術設計｜蕭雅慧
行銷企劃｜王予農、溫詩潔

天下雜誌群創辦人｜殷允芃
董事長兼執行長｜何琦瑜
媒體暨產品事業群
總經理｜游玉雪
副總經理｜林彥傑
總編輯｜林欣靜
版權主任｜何晨瑋、黃微真

出版者｜親子天下股份有限公司
地址｜台北市 104 建國北路一段 96 號 4 樓
電話｜（02）2509-2800　傳真｜（02）2509-2462
網址｜ www.parenting.com.tw
讀者服務專線｜（02）2662-0332　週一～週五 09:00~17:30
讀者服務傳真｜（02）2662-6048
客服信箱｜ parenting@cw.com.tw
法律顧問｜台英國際商務法律事務所・羅明通律師
製版印刷｜中原造像股份有限公司
總經銷｜大和圖書有限公司　電話：（02）8990-2588

出版日期｜ 2022 年 9 月第一版第一次印行
　　　　　 2023 年 6 月第一版第二次印行
定價｜ 420 元
書號｜ BKKKC218P
ISBN ｜ 978-626-305-317-5（精裝）

訂購服務
親子天下 Shopping ｜ shopping.parenting.com.tw
海外・大量訂購｜ parenting@cw.com.tw
書香花園｜台北市建國北路二段 6 巷 11 號　電話｜（02）2506-1635
劃撥帳號｜ 50331356 親子天下股份有限公司

國家圖書館出版品預行編目資料

夜間觀察 邱承宗 著 . -- 第一版 . -- 臺北市：
親子天下股份有限公司, 2022.9
44 面；23×25 公分
注音版
ISBN 978-626-305-317-5（精裝）

863.599　　　　　　　　　　　111014037